Christian Bobin

La part
manquante

Gallimard

Christian Bobin est né en 1951 au Creusot.

Il est l'auteur d'ouvrages dont les titres s'éclairent les uns les autres comme les fragments d'un seul puzzle. Entre autres : *Une petite robe de fête, Souveraineté du vide, Éloge du rien, Le Très-Bas, La part manquante, Isabelle Bruges, L'inespérée, La plus que vive, Autoportrait au radiateur, Geai, Tout le monde est occupé, La présence pure, Ressusciter, La lumière du monde* et *Le Christ aux coquelicots*.

LA PART MANQUANTE

Elle est seule. C'est dans un hall de gare, à Lyon-Part-Dieu. Elle est parmi tous ces gens comme dans le retrait d'une chambre. Elle est seule au milieu du monde, comme la vierge dans les peintures de Fra Angelico : recueillie dans une sphère de lumière. Éblouie par l'éclat des jardins. Les solitaires aimantent le regard. On ne peut pas ne pas les voir. Ils emmènent sur eux la plus grande séduction. Ils appellent la plus claire attention, celle qui va à celui qui s'absente devant vous. Elle est seule, assise sur un siège en plastique. Elle est seule avec, dans le tour de ses bras, un enfant de quatre ans, un enfant qui ne dément pas sa solitude, qui ne la contrarie pas, un enfant roi dans le berceau de solitude. C'est comme ça qu'on la voit d'emblée. Elle est seule avec un enfant qui ne l'empêche pas d'être seule, qui porte sa solitude à son comble, à un comble de beauté et de grâce. C'est une jeune mère. On se dit en la voyant que toutes les mères sont ainsi, de très jeunes filles, enveloppées de silence, comme la robe de lumière entre les doigts du peintre. Des petites sœurs, des petites filles. Un enfant leur est venu. Il est venu avec la fraîcheur des jardins. Il est venu dans la chambre du sang, comme une phrase emmenée par le soir. Il a poussé dans leurs songes. Il a grandi dans leurs chairs. Il apportait la fatigue, la douceur et la désespérance. Avec l'enfant est venue la fin du couple. Les mauvaises querelles, les soucis. Le sommeil interdit, la pluie fine et grise dans la chambre du couple. C'est le contraire de ce qu'on dit qui est le vrai. C'est toujours ce qui est tu, qui est le vrai. Le couple finit avec l'enfant premier venu. Le couple des amants, la légende du cœur unique. Avec l'enfant commence la solitude des jeunes femmes. Elles seules connaissent ses besoins. Elles seules savent le prendre au secret de leurs bras. La pensée éternelle les incline vers l'enfant, sans relâche. Elles veillent aux soins du corps et à ceux de la parole. Elles prennent soin de son corps comme la nature a soin de Dieu, comme le silence entoure la neige. Il y a la nourriture, il y a l'école. Il y a les squares, les courses à faire et les légumes à cuire. Et que, de tout cela, personne ne vous sache gré, jamais. Les jeunes mères ont affaire avec l'invisible. C'est parce qu'elles ont affaire avec l'invisible que les jeunes mères deviennent invisibles, bonnes à tout, bonnes à rien. L'homme ignore ce qui se passe. C'est même sa fonction, à l'homme, de ne rien voir de l'invisible. Ceux parmi les hommes qui voient quand même, ils en deviennent un peu étranges. Mystiques, poètes ou bien rien. Étranges. Déchus de leur condition. Ils deviennent comme des femmes : voués à l'amour infini. Solitaires dans les fêtes auxquelles ils président. Tourmentés dans la joie bien plus que dans la peine. Ce qui pour un homme est un accident, un ratage merveilleux, pour une femme est l'ordinaire des jours très ordinaires. Elles poursuivent l'éducation du prince. Elles s'offrent en pâture à l'enfant, à ses blanches dents de lait, coupantes, brillantes. Quand l'enfant part, il ne laisse rien d'elles. Elles le savent si bien que les mauvaises mères essayent de différer la perte, d'allonger les heures, mais c'est plus fort qu'elles. Les animaux se laissent manger par leurs petits. Les mères se laissent quitter par leurs enfants et l'absence vient, qui les dévore. On dirait une loi, une fatalité, un orage que personne ne saurait prévenir. L'ingratitude est le signe d'une éducation menée à son terme, achevée, parfaite en sa démence. On pense à tout cela, assis à côté de la mère et de son fils, dans le hall de Lyon-Part-Dieu. On pense aussi beaucoup à Fra Angelico, à la douceur des jardins parfumés, au vent de sable dans la gorge des prophètes, aux herbes folles dans les pages de la Bible. La figure du Christ est belle, c'est le visage amoureux de qui ne part jamais, de qui reste pour toujours auprès de vous, malgré la grêle, malgré l'injure. Mais quand même, c'est évident, ce n'est pas la figure centrale. Dans la rosace du temps, tremble un visage plus beau, plus exténué de transparence, celui de la mère, celui de la petite fille qui enfante Dieu et les jardins bruissants de lumière. Si on devait dessiner l'intelligence, la plus fine fleur de la pensée, on prendrait le visage d'une jeune mère, n'importe laquelle. De même si on devait dire la part souffrante de tout amour, la part manquante, arrachée. Vous regardez cette jeune femme. Vous regardez en elle les femmes qui vont pieds nus dans la Bible, comme celles qui se hâtent dans les rues. Celles d'hier et celles de maintenant. Elles ont des maris. On dirait que c'est pour la vie, que c'est une chose sans importance qu'elles n'ont pas voulu fuir. Elles ont des amants. On dirait que c'est pareil, que c'est pour l'éternité, un choix, oui, mais un choix obligé, non choisi. Aux petites filles on apprend que Dieu existe et qu'il a la couleur de leurs yeux. Alors elles le croient. Alors elles attendent. En attendant, pour passer le temps de vivre, par impatience ou pour faire comme leur mère, elles se marient. Dès ce jour Dieu s'en va. Il déserte la maison, comme un qui ne trouve plus le repas ou le silence à son goût. Il s'en va pour toujours. Il laisse en s'éloignant l'attente qu'elles ont de lui. C'est une attente immense. C'est une attente à quoi personne ne sait répondre. On touche là à la démence. Dans l'attente amoureuse des jeunes femmes, dans cette passion purifiée par l'absence, on touche à quelque chose comme la folie. Aucun homme ne s'aventure dans ces terres désolées de l'amour. Aucun homme ne sait répondre à la parole silencieuse. Les hommes retiennent toujours quelque chose auprès d'eux. Jusque dans les ruines, ils maintiennent une certitude — comme l'enfant garde une bille dans le fond de ses poches. Quand ils attendent, c'est quelque chose de précis qu'ils attendent. Quand ils perdent, c'est une seule chose qu'ils perdent. Les femmes espèrent tout, et puisque tout n'est pas possible elles le perdent en une seule fois — comme une manière de jouir de l'amour dans son manque. Elles continuent d'attendre ce qu'elles ne croient plus. C'est plus fort qu'elles. C'est bien plus fort que toute pensée. C'est dans cette nuit qu'apparaissent les enfants. C'est dans ce comble du désespoir que naissent les sources d'enfance. Les enfants, c'est une maison de chair. On l'élève au plus haut de soi-même. On

regarde ce qui se passe. On assiste à la crois-
sance de cette maison d'âme de l'enfant, on
n'en revient pas. C'est une énigme dans le plein
jour. C'est l'énigme de vivre une vie qui n'est
plus tellement la vôtre, qui n'est plus guère celle
de personne. Le mari est loin, maintenant. Il est
plus loin qu'à l'instant de la rencontre. Il est
plus loin que le premier venu. Il y a les enfants
et puis il y a le mari, l'enfant vieilli, l'enfant
supplémentaire. Il y a toutes ces vies à mener en
même temps, et aucune n'est la vôtre. C'est
comme dans la Bible, les jeunes femmes de
Palestine, hier, maintenant : elles relèvent le
Dieu dans la poussière du temps, dans le vieil or
des jours. Elles lui lavent la tête, le bercent de
chansons, l'enveloppent de lin blanc. Elles le
raniment avec du seigle et du vin. Elles
attendent. On ne sait pas ce qu'elles attendent.
L'amour enfui de la maison, elles le retrouvent
au clair d'une larme ou d'un fou rire. Au besoin
elles l'inventent. Elles vont parfois le chercher
au-dehors. Elles répandent le ciel pur de leurs
yeux sur le monde. Elles prennent des amants.
Mais aucun amour n'approche en lumière celui
qui les penche sur l'enfant. Personne d'autre ne
peut venir à la place vidée par Dieu. Personne
ne sera aimé par elles comme l'enfant de la
promesse déçue, de la parole parjure. La jeune
femme assise à côté de vous a installé l'enfant

sur ses genoux. Elle lui parle de tout et de rien. Elle mène la conversation infinie, ininterrompue dans la rumeur des passants. Tu vois, ce pull que j'ai acheté, eh bien il est trop cher, dans un autre magasin j'ai vu qu'il était à moitié prix, tant pis, je suis contente, tu veux un chocolat, écoute, on est juste au-dessous des trains, tu entends le bruit que ça fait, c'est un train qui passe, on a une heure à attendre, tu n'as pas froid, je vais te mettre ta capuche et je vais te manger, mon trésor, mon petit poisson, mon amour, mon amour. Elle mène de front, dans le même souffle, le dialogue des amants, celui des vivants et des morts, le dialogue en abîme des solitudes. On pense : les enfants naissent des femmes. Les femmes naissent des femmes. Il reste aux hommes le travail, la fureur imbécile du travail, des carrières et des guerres. Il reste aux hommes le reste. On regarde cette jeune femme peinte par Fra Angelico dans le hall venteux de Lyon-Part-Dieu. On la regarde avec légèreté, sans danger d'un amour. Pour s'éprendre d'une femme, il faut qu'il y ait en elle un désert, une absence, quelque chose qui appelle la tourmente, la jouissance. Une zone de vie non entamée dans sa vie, une terre non brûlée, ignorée d'elle-même comme de vous. Perceptible pourtant, immédiatement perceptible. Mais ce n'est pas le cas. Cette jeune femme est tout entière occupée par son enfant, envahie d'un amour abondant, sans réserve. Si totalement brûlée d'amour qu'elle en est lumineuse, et que son visage suffit à éclairer le restant de votre journée, tout ce temps à tuer avant le train à prendre, avant le jour de votre mort.

LA BALEINE
AUX YEUX VERTS

Ça commence comme ça, ça commence toujours comme ça, c'est par les livres que ça commence. Les premiers livres, les premières nuits miraculées de lire, les yeux rougis, le cœur battant. La lecture intervient très tard dans la vie : vers les six, sept ans, après la fin de l'éternel. Avant de savoir lire, on écoute les voix qui épellent le monde, la voix des proches, le murmure de l'eau vive sur les sables du sang. La lecture suscite une absence qui ramène vers cette prime enfance, au bord de cet amour qui à jamais manquera de mots. On est derrière la porte du livre. On écoute une voix si claire que l'on retient son souffle pour bien l'entendre. On écoute la voix calme dans la nuit noire — comme une parole sans phrase dans laquelle un chagrin s'endort peu à peu, d'un sommeil inavouable, bienheureux. On a un âge. On a un nom. On a une vie qui vous attend. Elle n'est pas faite pour vous, elle n'est faite pour personne. Elle vous attend. À huit ans on devine très bien ces choses-là, et qu'il faudra choisir. Choisir Dieu ou le vide, le travail ou le chômage, le désespoir ou l'ennui, choisir. Seulement voilà, on a trouvé autre chose, on a trouvé les livres, avec les livres on ne choisit plus, on reçoit tout. La lecture c'est la vie sans contraire, c'est la vie épargnée. On lit sous les draps, on lit sous le jour, c'est comme une résistance, une lecture clandestine, une lecture de plein vent. À huit ans on aime les îles, les trésors et les forêts. La baleine blanche aussi. La baleine immaculée des eaux bleu nuit. Celui qui l'aime désire la tuer. C'est un marin. Il la cherche pour la tuer, il la cherche partout dans le monde. Les enfants sont comme les marins : où que se portent leurs yeux, partout c'est l'immense. On s'avance dans le livre, jusqu'à l'histoire profonde. On s'enterre au plus clair de sa vie, sous des pelletées de phrases noires. Parfois on lève la tête, on regarde au-dehors. On voit la ville, on voit l'école. On dit c'est le désert, on voit que c'est le désert, alors on revient au livre, à la baleine blanche — elle est blanche comme de l'encre, elle est blanche comme du sang. On passe des hivers dans la chambre de lecture. Des saisons éternelles, des soirées dépensées comme de l'or. On jette les mots par la fenêtre, c'est incroyable, il en vient toujours plus. On lit sans ordre, sans raison. La lecture ne peut se commander. Personne ne peut en décider à votre place. Il en va de la lecture comme d'un amour ou du beau temps : personne ni vous n'y pouvez rien. On lit avec ce qu'on est. On lit ce qu'on est. Lire c'est s'apprendre soi-même à la maternelle du sang, c'est apprendre qui l'on est d'une connaissance inoubliable, par soi seul inventée. L'enfance tourne avec les pages. On est maintenant dans un âge difficile. Il est difficile parce qu'il n'existe pas. On est maintenant dans l'adolescence, comme dans une nuit sans étoiles. On est amoureux des grandes dames dans les livres. On frôle leurs mains nues, à la saignée de l'âme. On marche à leurs côtés, dans les jardins noircis de roses. Les mots se détachent du ciel bleu. Ils descendent lentement sur la page. Ils disent la légèreté, l'ardeur et le jeu. Ils disent l'amour unique, l'amour terrestre. C'est un amour qui contient Dieu, les anges et la nature immense. Il est infime, minuscule. Il tient dans la gorge d'un moineau. Il dort dans le cœur d'un homme simple. Il s'enflamme dans l'air pur. Il est comme l'air qui manque, il est comme l'air qui surabonde. Il est comme l'air dans les cheveux de l'amante, dans les boucles sur sa nuque : infiniment enlacé sur l'infini de lui-même. C'est un amour qui vient de loin. Il vient du fond d'une solitude sans fond, et de plus loin encore, du savoir d'une jouissance sans déclin. Il n'y a pas d'autre amour que cet amour de loin. Il n'y a qu'un seul amour, comme on dit : une seule loi, la même pour tous, la même absence au cœur de toute présence, la même absence dans la souffrance comme dans la joie. Ce qu'on apprend dans les livres, c'est-à-dire « je vous aime ». Il faut d'abord dire « je ». C'est difficile, c'est comme se perdre dans la forêt, loin des chemins, c'est comme sortir de maladie, de la maladie des vies impersonnelles, des vies tuées. Ensuite il faut dire « vous ». La souffrance peut aider — la souffrance d'un bonheur, la jalousie, le froid, la candeur d'une saison sur la vitre du sang. Tout peut aider en un sens à dire « vous », tout ce qui manque et qui est là, sous les yeux, dans l'absence abondante. Enfin il faut dire « aime ». C'est vers la fin des temps déjà, cela ne peut être dit qu'à condition de ne pas l'être. La dernière lettre est muette, elle s'efface dans le souffle, elle s'en va comme l'air bleu sur la page, dans la gorge. « Je vous aime. » Sujet, verbe, complément. Ce qu'on apprend dans les livres, c'est la grammaire du silence, la leçon de lumière. Il faut du temps pour apprendre. Il faut tellement de temps pour s'atteindre. On va à l'aventure. On prend un livre dans ses bras, puis on le quitte, on va vers le suivant. Les livres sont faits de poussière. Les livres sont faits de vent. Les livres sont faits du plus précieux de nos songes : poussière et vent. On y chemine, on les traverse. On les oublie. Parfois c'est autrement. Parfois on reste auprès du livre, auprès du feu. Parfois on sait que l'on a tout trouvé, en une seule fois, en une seule phrase. C'est une phrase qui vous concerne à peine. Elle est négligeable et elle vous emmène d'un seul coup jusqu'au terme de vos jours. Elle dit quelque chose qui viendra dans longtemps. Elle dit beaucoup plus que tout ce qu'elle dit. Elle est prononcée par la Comtesse de Mortsauf, dans un livre de Balzac. On ne saurait plus la retrouver aujourd'hui. Ce n'est pas important. On en garde la mémoire écrasée de lumière. C'est une phrase d'amour fou, c'est une phrase comme une neige. C'est l'histoire d'une femme qui passe un désert après l'autre, le désert du monde, le désert du mariage, le désert de l'ennui et celui des passions. Elle passe, elle passe. À la fin, dans le fin fond du désert, elle s'en va. Dans bien mieux que du bonheur elle s'en va. Dans une souffrance que rien n'épuise, pas même la souffrance. À la fin, c'est à peine croyable, elle meurt d'amour, la baleine blanche, la Comtesse aux yeux verts. C'est le bruit de cette mort qui décide de tout. C'est la douceur de ces yeux qui engage tout le temps à venir. On commence à

25

écrire. Ce n'est pas pour devenir écrivain qu'on écrit. C'est pour rejoindre en silence cet amour qui manque à tout amour. C'est pour rejoindre le sauvage, l'écorché, le limpide. On écrit une langue simple. On ne fait aucune différence entre l'amour, la langue et le chant. Le chant c'est l'amour. L'amour c'est un fleuve. Il disparaît parfois. Il s'enfonce dans la terre. Il poursuit son cours dans l'épaisseur d'une langue. Il réapparaît ici ou là, invincible, inaltérable. On est devant l'amour comme devant la Comtesse de Mortsauf. On voudrait l'appeler. On voudrait la serrer contre soi. Tellement on l'aime, on la tuerait. On voudrait l'appeler, mais elle s'est déjà enfuie dans le fond d'une allée, la merveille d'une saison. Alors on écrit. Alors on retourne au désert pour y trouver une source. C'est en écrivant que cela arrive. Un sentiment mêlé de tout, comme du feuillage avec la pluie. C'est une joie qui arrive et nous rend malheureux. Elle nous vient de ce chant qui s'élève de l'enfance, qui y retourne. C'est pour l'écouter que l'on écrit. C'est pour écouter le chant si pur de la baleine aux yeux verts. Elle chante le vent qui passe, la rose qui brûle, l'amour qui meurt.

LA FLEUR DE L'AIR

C'est un enfant qui vit dans un immeuble, très près du ciel. Ce genre d'immeubles pour les pauvres : un ciel délabré, des masses grises. La ville, c'est Grenoble. Du point de vue des immeubles, ce pourrait être n'importe où. L'enfant a six ans, des yeux gris cendre. Avec lui vous allez au jardin de ville. C'est un domaine sans imaginaire avec une terre brune, ocre. Le ciel se détache autour des passants, comme sur le fond des toiles de maîtres. Un ciel large, on le prend par poignées. Vous jouez avec l'enfant. Vous jouez sans réserve, comme il faut. Vous aimez la compagnie des enfants. Pourquoi vous l'aimez, vous ne savez pas trop. Il y a plusieurs durées dans votre vie. Il y a plusieurs eaux mélangées dans le temps. L'enfance fait comme un courant profond dans la rivière du jour. Vous y revenez souvent, comme on revient chez soi après beaucoup d'absence. Il y a des enfants, vous ne pourriez rien en dire. Ils grandissent dans les familles modèles. Ils grandissent dans le savoir que l'on a d'eux, ils ne surprennent jamais. Ils sont comme en attente, empêchés. Vous les voyez comme un nuage au loin, comme un orage qui mettrait des années avant de se déclarer. Et puis il y a cette petite bande, ces enfants qui envahissent vos fins de semaine. Ils viennent de trois, quatre maisons. Ils vous appellent. Ils vous appelleraient tous les jours s'ils pouvaient. Alors qu'est-ce qu'on fait aujourd'hui. C'est simple. On va ici, et puis là. On se promène dans la forêt. On se perd dans les rues. On traîne dans un parc. On donne de l'herbe aux animaux et de la lumière aux anges. Un jour on se noie dans un étang. Un autre jour on se penche sur un feu. On chahute les flammes comme un chat. Puis on repart ailleurs. On ne reste jamais au même endroit. On occupe le tout de la vie, de l'espace et du temps. On est comme partout à la fois, en proie à tout ce qui est. Par l'enfance vous retrouvez le jeu. Par le jeu vous réveillez l'éternel dans le berceau de l'air. Le temps est comme une plume dans la paume des enfants : légère et blanche, recroque-villée sur elle-même. Les enfants soufflent dans le creux de leurs mains, et vous regardez avec eux s'envoler le duvet de lumière — d'heure en heure, de page en page. Dans le service des enfants, tout aussi sûrement que dans la solitude, vous retrouvez la présence innombrable, l'émerveillement. L'émerveillement n'est pas l'oubli de la mort, mais la capacité de la contempler comme tout le reste, comme l'amer et le sombre : dans la brûlure d'une première fois, dans la fraîcheur d'une connaissance sans précédent. L'enfance est sans règles, sans loi. On y invente tout de soi, à chaque fois. On y est comme Dieu dans sa première connaissance de soi privé du monde, privé des blés et de la chair douce, privé de tout. Dans ce qui est on voit ce qui manque. Dans le rire on rejoint ce qui manque. L'enfant aux yeux gris cendre s'éloigne de vous. Il va dans le coin réservé aux jeux : quatre ensembles métalliques de couleur forte, derrière une grille. Il passe d'une construction à l'autre. Il s'applique. De temps en temps il s'arrête, et tout s'arrête avec lui : le temps, les astres et la poussière suspendue dans l'air. Puis il repart dans une autre direction. Les bras tendus en arrière, il court après les pigeons. Une approche silencieuse, puis la précipitation vers l'oiseau qui s'envole et se pose un peu plus loin. Un nouvel arrêt de tout, soudain. Les yeux qui perdent leur teinte et le monde qui se vide de son poids. Il repart à nouveau, invente d'autres jeux. Des jeux par dizaines sur la terre déserte. Et toujours cette interruption momentanée de tout. Il est comme quelqu'un qui ouvrirait toutes les portes et se figerait sur le seuil, les yeux vides. Une pensée se déplace avec lui. C'est une pensée informulable. Quand elle se rapproche trop, elle le paralyse. Vous regardez son visage dans ces instants. Le passage des saisons, les approches de la mort et cette atteinte plus profonde encore d'une rêverie : tout se donne à voir, sur le ciel d'un visage. Vous regardez les yeux gris cendre, ce qu'ils disent : l'imminence d'une disparition de soi — comme du monde. L'absence est une grâce naturelle chez l'enfant. Elle est dans sa nature profonde, comme la lumière dans la substance de Dieu. Il y a des milliers de ciels dans le ciel. Il y a des milliers de jours dans le jour. Il y a trop à voir pour ne pas se perdre. L'enfant court tous les chemins. Il emprunte toutes les rivières. L'errance de son regard est infinie. Sa distraction est sans remède. Elle peut rendre mauvais ceux qui l'approchent. Elle peut les mener jusqu'à l'extrême violence. À quoi tu penses. Tu ne peux vraiment pas faire attention. Je te l'ai dit mille fois. On parle beaucoup à l'enfant. On le presse de grandir, on le pousse dans la grisaille de l'âge. Dans la parole qui l'entoure, il reconnaît très bien le désir que l'on a de sa mort, ce rêve à peine obscur d'un abandon. La parole vide est sans effet sur lui. Elle glisse sur ses songes. Elle tombe à terre, plus fragile que ses jouets. D'ailleurs il n'écoute pas. D'ailleurs il n'est pas là. Il est partout où le portent ses yeux. Très tôt dans la vie c'est trop tard. Très tôt dans la vie c'est la fin. Toute vie est vouée à sa perte, et cela dès l'origine, dès son aurore. L'enfant anticipe sa propre disparition dans ce qu'il voit. Il ne contrarie pas ce principe de dissolution qui gouverne ses heures. Il l'accélère. Il passe avec ce qui passe. Il se mélange à toutes choses. Il s'égare dans ce qu'il voit. L'absence de l'enfant n'est peut-être que le nom le plus pur de sa présence : éparpillé dans son cœur, il touche aux étoiles comme aux insectes, aux feuilles des arbres comme au visage des mourants. L'enfant aux yeux gris cendre revient vers vous. Essoufflé par ses jeux, il s'assoit à vos côtés. Il vous parle de son école. Comme d'un travail, il en parle. Il a raison, puisque le travail c'est d'être où l'on n'a pas choisi d'être, où l'on est contraint de demeurer — loin de soi et de tout. La parole enfantine est intarissable. Elle ne s'éteint jamais dans une idée. Elle va au bout du monde, enivrée d'air et de songe. C'est une parole vivace, futile. Elle est promise à l'oubli dans l'instant même où elle s'énonce — semblable à l'air que l'on boit, au ciel que l'on mange. Légère, si légère. Vous demandez à l'enfant ce qu'il veut faire plus tard. C'est une question sans lumière, puisqu'elle suppose la fin de l'enfance en lui, son entrée dans l'âge et la fatigue. La fin de l'enfance est sans histoire. C'est une mort inaperçue de celui qu'elle atteint. C'est la plus grande énigme dans la vie, comme l'épuisement d'une étoile dont l'éclat ne cesse plus de ravir toutes vos heures, jusqu'à la dernière. Il vous répond très vite : moi, j'arrêterai les gens. Vous entendez cette réponse comme elle est dite, délivrée de toute anecdote. Vous l'entendez au présent. Le futur n'existe pas dans l'enfance. Il n'existe pas plus dans l'enfance que dans le sommeil ou l'amour. Il n'y a ni futur ni passé dans la vie. Il n'y a que du présent, qu'une hémorragie éternelle de présent. L'attente de Dieu, c'est déjà Dieu tout entier. La pensée infidèle, c'est déjà la fin de l'amour. De même la parole de l'enfant : les gens, il les arrête déjà, comme il fait avec vous, par cette façon d'interrompre en lui le cours du temps, la roue du monde. Vous sortez du jardin de ville. Vous allez dans les rues avec lui, goûter la fleur de l'air. Voilà : vous êtes arrivés devant les immeubles. Vous le laissez là. Pendant des années vous ne le voyez plus. Parfois vous pensez à lui. C'est une pensée sans phrase. Elle vous vient souvent, pour des gens de toutes sortes. Comme une envie de leur écrire, de les toucher par un mot dans leur solitude intouchable. Bien sûr, vous

34

ne le faites jamais. C'est une erreur, mais vous ne le faites jamais et vous laissez s'éloigner dans les masses grises celui à qui tout échappe — sa parole, son enfance et ses yeux.

LA MEURTRIÈRE

À l'heure où l'on écrit, on vit toujours avec elle. Depuis trois ans déjà. Depuis sept cents ans, si l'on veut. Elle est née en 1250. Elle a été brûlée pour son livre, en 1310. Dans son livre il n'y a rien, que du ciel bleu. C'est une de ces femmes qui vont, à cette époque, sur toutes les routes d'Europe. Elles se déplacent en bandes comme des oiseaux migrateurs. Elles apparaissent dans les régions du Nord, en Rhénanie et en Bavière : une soudaine floraison d'amoureuses, une pluie de clairs visages sur les plaines grises, une aube de quarante ans sur le monde mort. Ce sont des femmes en lambeaux, des femmes de quatre vents. Elles vont sans autre souci que d'aller. La terre leur a été confiée pour la douceur d'y marcher et d'y goûter l'air bleu, la lumière fraîche, pour un temps seulement, pour un temps qui leur prend tout leur temps. Elles se nourrissent de faim, d'absence, de rien. Elles se nourrissent de feu. Elles vont au jardin de leur père, voler ce que personne ne sait, ce que personne ne donne : l'amour plus fort que tout amour, l'amour plus long que toute une vie. Leur robe est défraîchie, leur parole est en morceaux. Dans la hâte elles écrivent. Elles glissent dans un herbier quelques phrases endeuillées d'or. Le plus souvent elles se tiennent loin des encriers, laissant le ruisseau de leur voix s'égarer dans l'air limpide. Ce qu'elles nomment Dieu, c'est une vitesse mentale plus grande que toute lumière, une pensée étranglée avant même d'apparaître, une précipitation de jouissance dans la chair tendre. Ce qu'elles nomment Diable, c'est pareil. Elles sont en avance sur les mots qui pourraient les servir, sur le silence qui pourrait les reposer. Elles sont saintes, si être saint c'est n'être rien. Elles sont saintes, si être saint c'est aimer la terre d'un amour inoubliable, comme au bord d'en mourir, comme à l'heure de tout perdre. Elles échappent au mariage comme à l'église, au jour comme à la nuit. On les dit folles. On les met en cage dans un cloître, on les enterre dans une morale, mais rien n'y fait. On en brûle quelques-unes, comme celle-là dont le livre traîne sur votre table, depuis sept cents et trois ans. Les mots n'ont pas suivi la chair dans le brasier. Les mots étaient lumière. On n'a pas su brûler la lumière. La robe a flambé d'un seul coup, puis la chair douce et ronde des seins, puis les os sous la chair. L'oiseau des mots n'a pas bougé une seconde, à peine frémi, à peine un frisson sous les plumes de lumière. L'oiseau du livre est demeuré intact sous la cendre. Des exemplaires ont été saisis. Ils étaient aussitôt recopiés. C'est long de recopier un livre. Il y faut une patience enfantine, un grand oubli de soi. Les copistes attiraient sur eux la même puissante colère. Ils écrivaient quand même : il y a des choses plus durables que la mort, il y a des amours bien plus clairs que de vivre. Le livre, on le découvre peu à peu. On le traîne avec soi depuis trois ans, on ne l'a pas terminé. On l'emmène en vacances, on l'ouvre au ciel d'été, de préférence. Comme si, pour le lire, il fallait retrouver une grandeur qui ne se montre dans aucun emploi contraint du temps. Comme si, pour le lire, il fallait retrouver une pureté que jamais on n'aura, sinon dans la nostalgie qui vous en vient, au long des soirs d'été. Dans la chambre verte, en Isère, on emporte quelques livres. C'est difficile de choisir. Celui de la femme brûlée est toujours pris. De lui-même il s'impose. On pourrait recenser les livres suivant l'embarras d'en parler. Il y a ceux engorgés de pensée, de savoir. Tous ces livres ensablés dans l'eau morte des idées. Les gens qui vous en parlent vous sont très vite

41

insupportables. Même quand ils lisent beaucoup ils ne lisent pas : ils confortent leur intelligence. Ils font fructifier leur or. Et il y a les livres que l'on ne sait pas dire, à peine montrer du doigt, comme la première étoile dans le ciel mauve. Celui-là est ainsi, réfractaire. Ses phrases vous retiennent. Elles sont claires, d'une clarté qui aveugle. Elles vous arrêtent très vite, au bout d'une page ou deux. Elles font comme un enfant qui s'agrippe à vous et ne vous lâchera pas tant que vous n'aurez pas satisfait sa demande. On les souligne avec de l'encre. On les relit, on s'entête. On passe des heures avec une phrase, dans la compagnie de l'auteur. On voit cette femme, comme elle est, comme elle fait. Avec elle on regarde le jour croître et céder à l'ombre. Avec elle on écoute le silence qui est dans le silence. Elle a affaire avec Dieu comme avec un amant capricieux. Elle a affaire avec Dieu et avec lui seul. Pour nommer son amour, elle le sépare de tout langage reçu. Pour le séduire, elle enlève toute parure. Elle se défait de sa raison comme d'un vêtement trop lourd. Elle se baigne toute nue dans le fleuve de lumière, le grand fleuve de lumière qui s'écoule sous le temps. L'abondance des choses empêche de voir. La rumeur des pensées empêche d'entendre. Elle écarte toutes choses, elle éteint toutes pensées. Alors elle commence à voir, alors elle commence à entendre. L'amour est partout devant elle. Dans un silence elle le devine. Dans une attente elle le découvre, dans ce jeu d'une attente infinie qui ne sait plus ce qu'elle attend et combien elle l'attend, avec quelle patience pure. Parfois aussi elle s'impatiente. Elle marchande avec les anges. Elle appelle son amour, elle supplie, elle ordonne. De l'appeler elle jouit, et qu'il réponde en frappant sa parole de stupeur, elle jouit encore. Mon beau seigneur, le souverain de mon âme, le loin-proche, la fontaine de mon sang. Elle fouille dans le fond du langage, elle amasse les phrases du bout du monde, la grammaire des princes et le soupir des reines. Elle met Dieu sous sa langue, dans ses bras, sur la moindre parcelle de sa peau, dans toutes les lettres de l'alphabet. Elle parle seule devant la glace : rien n'est trop beau pour mon amant, rien n'est trop doux pour ses mains gantées d'aurore. Qu'il me prenne. Qu'il me froisse et me jette, et même qu'il m'oublie, qu'il me recouvre de son oubli comme au noir de l'amour, j'y dormirai si bien, j'y attendrai toujours. Elle est comme ces femmes qui, avec un nouvel amant, se refont un cœur frais, taché de ciel. Elle ne sait plus ce qu'elle dit. Elle rit. Elle est comme l'oiseau sur la branche. Elle ne dit rien, elle chante. Elle s'envole bien plus loin que son chant. Elle n'est d'aucune saison, d'aucune époque. Ce qui est dans l'air du temps passe avec l'air, passe avec le temps. Elle ne passe pas. Elle est présente à la lecture. Elle demeure en amont des lumières, près des sources du cœur. Elle a l'élégance des âmes errantes. Elle a la douceur des femmes rompues. Il est bon d'être aimé. C'est comme atteindre ces îles si vertes que l'on désespérait d'un jour y aborder : les yeux et la pensée d'un autre. Il est plus doux d'aimer comme elle fait, d'un amour égaré dans l'absence, d'un amour de personne. On ouvre le livre dans la chambre de feuillages. On ne sait rien d'équivalent à cette voix, sinon la merveille de chaque jour dans l'été. Avec ce livre on rentre dans le jour, et on s'éloigne de soi. On ouvre la porte à celle qui appelle. Sa robe est légère. Ses pas sont si souples qu'ils la mènent d'un seul coup au plus clair de nos yeux, au secret d'une attente. On aime cette femme. Pourquoi on l'aime, c'est évident, presque enfantin. C'est comme une pierre sur l'eau, d'un ricochet au suivant : on aime celle qui aime. On aime aimer celle qui aime d'amour — la blanche colombe qui chante jour et nuit. On aime l'oiseau-lumière qui entre par la fenêtre, par la faible ouverture du livre dans le noir de vivre, cette fenêtre étroite dans les châteaux anciens : la meurtrière.

CELUI
QUI NE DORT JAMAIS

C'est le genre d'homme qui peut tout faire, n'étant personne. C'est le genre d'homme qui a tout fait, des études, des travaux, des coups. Maintenant il dirige une usine. Mais diriger n'est pas le mot. Les milieux d'affaires sont comme tous les autres. C'est partout la même loi élémentaire, triviale. Partout la soif de gouverner, le goût d'anéantir. Il connaît cette loi, sans s'y soumettre. Il est comme un aimant qui attire à lui la limaille des intérêts, des bassesses nécessaires à chacun dans un emploi. Il voit, il passe. Il n'est jamais corrompu par ce qui l'approche. C'est l'orgueil qui le mène. Un orgueil incommensurable, par lui seul défini. L'orgueil de ne jamais manquer à l'élégance de vivre, l'orgueil d'échapper à ce qui est. Il va dans le monde comme un géomètre. D'instinct il calcule les distances. D'emblée il connaît le centre et la périphérie. Arrive-t-il quelque part, il entend déjà les paroles qui seront prononcées. Ce qui se passera, il le voit, et aussi ce qui ne se passera pas. Il va partout. Il côtoie des notables, des hommes lourds, puissants. Il est admis à leur table, reçu dans leur parole. Il s'approche de ces gens au plus près, comme on se penche sur le vide, dans le risque de s'y perdre. Il passe là au plus près de la mort de son âme, de la fin d'une enfance. Il échappe au dernier instant, dans un fou rire, dans l'insolence. Il redevient à l'ultime seconde ce qu'il n'a pas cessé d'être : l'enfant insupportable, curieux de tout. Le renard insoucieux du gibier. Il fait demi-tour. Dans le rire il s'éloigne. Il y a si peu de vrais événements dans une vie. Il y a si peu de réel dans la vie. Le monde est trop étroit pour son ambition et Dieu n'existe pas : alors que faire du temps qui reste, de tout le temps ? Aujourd'hui il y a cette usine, demain autre chose. Il offre à qui sait voir une vision irremplaçable du monde des affaires : un canton, une terre basse, une terre sans ciel, sans espérance. On fabrique du plastique, de l'acier, du carton. On invente des déchets. C'est ça, l'industrie régnante, la grande aventure de l'industrie : c'est ne plus savoir ce qu'on fait et que cela ne mérite pas le temps de le faire, et c'est persuader les autres qu'il faut le faire encore plus, huit heures par jour, huit siècles par heure. Le monde industriel c'est le monde tout entier, une fable noire pour enfants, une mauvaise insomnie dans le jour. La présence de l'argent y est considérable, autant que celle de Dieu dans les sociétés primitives. Elle irradie de la même façon. Elle gouverne le mouvement des pensées comme celui des visages. Ceux qui commandent la servent. Ils dépensent leur temps sans compter. Ils croient travailler quand ils ne font que jouir. Ils croient jouir quand ils ne font qu'obéir à leur rang. Ils sont fiers de cette servitude. Ils imaginent que, sans eux, il n'y aurait plus de richesse, plus de pain ni de sens, plus aucune merveille sur la terre. Dans un sens ils ont raison. Dans un sens ils sont nécessaires à l'état des choses. Ils sont là, préposés à l'argent, comme, dans certaines tribus, ces personnages intouchables voués au commerce des morts. Ils sont là comme des éboueurs de l'argent, comme des esclaves d'un nouveau genre, des esclaves millionnaires. Ils ordonnent, ils décident, ils tranchent. Ils parlent beaucoup. La parole est leur matière première. Ils parlent beaucoup mais ce n'est jamais une parole personnelle. Ils parlent suivant ce qu'ils font, suivant une idée générale de ce qu'il y a à faire dans la vie, une idée apprise. Ce sont les hommes du sérieux, les hommes sans ombre. L'éclat de l'argent égalise leurs traits. On dirait le même homme à chaque fois, la même absence hautaine, la même ruine de toute aventure personnelle, singulière. On les trouve par milliers dans les bureaux, les aéroports et les restaurants chics. Lui, il traverse tout ça avec aisance. Il n'est pas d'ici. Il n'est de nulle part. Il réussit où il est mais c'est sans importance. Il réussit parce que c'est sans importance. Il aurait pu réussir aussi bien dans la délinquance que dans l'industrie. C'est au bout du compte le même triomphe, les mêmes obstacles levés devant les autres et devant soi. On regarde ce qui l'entoure. On regarde ce qu'il traverse et qu'il éclaire dans son passage. Par les livres on apprend l'éternel, l'immuable. Mais le monde ne peut être connu que par cette façon-là d'y séjourner en le fuyant, que par cette intelligence-là, concrète, immergée dans ce qu'elle saisit, comme de l'eau avec de l'eau. À le voir on apprend tout de lui, mais on ne sait rien de ce qu'on apprend. Il est mobile, souple. Il est doué de la suprême intelligence, celle de l'instinct. Il ne craint rien pour lui, sinon la solitude. Plus d'un jour de solitude et il s'éteint comme une lampe sans huile. Il vit de ce qu'il reçoit du monde, de ce qu'il en prend. Il s'en nourrit physiquement et mentalement. C'est le seul vrai besoin qui ordonne tout le reste. De votre point de vue à vous, qui avez besoin de solitude pour écrire, mais aussi pour ne pas écrire comme pour tout, cette nécessité est chez lui comme un point aveugle : elle lui permet de voir le monde dans la clarté, mais lui interdit toute autre lumière. Bien sûr, il nie qu'il y ait autre chose dans le monde que ce jeu auquel il aime tant jouer, pour en rafler la mise. Il parle, il étonne, il conquiert. Il aime l'amitié des autres hommes, mais il n'a affaire, dans sa connaissance de lui-même, qu'avec les femmes. La séduction est chez lui comme un art très ancien, une finesse brute. Séduire comme il fait, c'est tuer sans blesser. Il parle d'une parole argentée, luisante et vive. On écoute cette parole brillante, on regarde cet esprit volatile. Ses paroles sont à son image. Elles échappent dans le paradoxe. Elles se détruisent elles-mêmes, minées par un rire silencieux. Il fait métier de ne croire à rien. Celui qui commande aux autres se met en position de Dieu. Celui qui commande et rit de ses commandements se met en position de diable. C'est un diable sans noirceur, un diable enfantin. Il agit suivant nulle idée. Il agit suivant une idée très fuyante de lui-même, suivant une idée qui lui impose de ne jamais goûter au repos, sinon dans le mouvement. Il en est de lui comme de tous les hommes qui adorent la force lumineuse de la volonté : on pourrait croire qu'il ne dort jamais. Rien ne le ralentit, aucun sommeil ne l'encombre. On se dit en le voyant que, même endormi, il demeure attentif, aux aguets sous les feuilles mortes du sommeil. Les mauvais soirs il raisonne. Il cède à la fatigue, au cynisme. C'est sa part de bêtise. Elle est sans doute inévitable. Il retrouve son intelligence avec le mouvement. Il restaure sa pensée par l'action. Il est dans la force de son âge. Il sera dans tout âge ainsi, dans la force du vide. Ce n'est pas ce qu'on appelle un personnage : il ne tient pas de rôle, ne tenant pas en place. Il fait de sa vie une œuvre éphémère, sans archives et sans restes. C'est une vie en voie de disparition, en cours d'effacement. C'est un homme sans visage. Un modèle plus rapide que le peintre, que le pinceau sur la toile.

LES PREUVES EN MIETTES DE L'EXISTENCE DE DIEU

C'est une fenêtre dans une pièce. C'est la vie lente dans une journée. C'est une fenêtre dans la vie lente. La lumière passe, calme et claire. C'est une lumière de printemps. Elle est douce aux yeux, un peu amère au cœur. Elle est comme un vin un peu jeune, encore vert. Vous la regardez passer pendant des heures. Vous ne savez rien de mieux à faire dans votre vie, que ce regard qui va à l'infini, délivré de lui-même. Il y a une beauté qui n'est atteinte que là, dans cette grande intelligence proposée à l'esprit par le temps vide et le ciel pur. Un arbre appuie son épaule de feuillage contre la fenêtre. C'est un arbre puissant, raffiné. Il s'élève en force dans le ciel. Il obscurcit le jour, il aveugle la pensée. On a besoin d'une seule chose pour connaître toutes choses. On a besoin d'un seul visage pour jouir de tous visages. Un arbre suffit, pour voir. On apprend à voir comme on apprend à marcher après une longue maladie : pas après pas, songe après songe. Un arbre suffit, une feuille de cet arbre, une pensée de cette feuille oubliée dans le soir. Souvent, avant de vous endormir, vous imaginez ce marronnier dans la nuit soulevée d'étoiles. Dans le temps où vous ne pouvez le voir, vous l'imaginez plus grand encore. C'est dans son ombre que vous écrivez. C'est dans son ombre sur la page que vous apprenez l'essentiel : la beauté, la puissance et la mort. L'enfance aussi, indéracinable. Vous pouvez quitter toutes choses. Vous pouvez vous éloigner de tout, sauf de cet arbre. Ce qui éclaire notre vie, ce n'est rien que l'on puisse dire, ou tenir. Ce que l'on dit se tait. Ce que l'on tient se perd. Nous n'avons guère plus de prise sur notre vie que sur une poignée d'eau claire. Nous ne possédons que ce qui nous échappe et se nourrit de notre amour : un arbre dans le songe, un visage dans le silence, une lumière dans le ciel. Le reste n'est rien. Le reste c'est tout ce qu'on jette dans les jours de colère, dans les heures de rangement. Il y a ceux qui jettent. Il y a ceux qui gardent. Il y a ceux qui régulièrement mettent leur maison à sac, ou le réduit d'une mémoire, le recoin d'un amour. Ils mettent de l'ordre. Ils mettent le vide, croyant mettre de l'ordre. Ils jettent. C'est une manière de funérailles, une façon d'apprivoiser l'absence — comme de ratis-

ser le gravier d'un chemin par où mourir viendra. Et il y a ceux qui gardent. Ils entassent dans
un tiroir, dans une parole, dans un amour. Ils
ne perdent rien. Ils disent : on ne sait jamais.
Même s'ils savent, ils ne savent jamais. Même
s'ils savent que jamais ils ne reviendront aux
lettres anciennes, aux boîtes rouillées, aux vieux
médicaments et aux vieilles amours. Tant pis, ils
gardent. Ceux qui gardent comme ceux qui
jettent sont égaux devant l'objet unique, devant
la chose qui tiendra lieu de toutes les choses.
Ceux qui se délivrent comme ceux qui
s'encombrent. Il y a toujours une chose qu'on
ne jette dans aucun cas. Ce n'est pas nécessaire-
ment une chose. Ce peut être une lumière, une
attente, un seul nom. Ce peut être une tache sur
un mur, un arbre à la fenêtre ou même une
heure particulière du jour. C'est une chose dont
on s'éprend sans raison, sans besoin. C'est une
fidélité silencieuse à ce qui passe et demeure.
C'est un amour taciturne, immobile : il se
dépose au fond de l'âme comme au fond d'un
creuset. Il y laisse un rien de lumière, une poussière de ciel bleu. Cela peut arriver avec un livre,
avec une tasse dépareillée ou une musique. Cela
peut arriver avec n'importe quel fragment du
monde — ou de l'âme. Et cela vous
accompagne. Et cela vous suit où que vous alliez.
Le temps passe, le cœur fatigue. Et il y a cette

chose — ce feuillage, cette clarté, ce nom-là. De temps en temps vous la considérez comme il faut, comme elle le demande : à part, en silence. Et vous voyez que cette chose n'a pas vieilli, pas changé. Elle brille comme au premier jour où vous l'avez choisie. Et vous voyez que c'est cette chose qui vous a choisi, qu'elle vous éclaire et vous garde, à simplement demeurer là. À quoi vous tenez. Vous vous dites : à quoi je tiens. À quoi tient une vie, la mienne, toute vie, n'importe laquelle. À des riens, elle tient. À des choses de trois fois rien. Et cette chose, à quoi elle sert. D'abord à rien. Elle est soustraite de l'utilité mortelle de toutes choses dans la vie. Elle brille par son inutilité. Elle est en excès par défaut. Ce qui ne sert à rien sert à tellement de choses. Cela tient lieu du monde — ou de l'âme ou de la beauté jamais atteinte. Cela tient lieu de tout. Vous pouvez tout quitter sauf cette chose. Sauf ce nom, sauf ce ciel d'un printemps dans la vie à jamais éteinte. Une faiblesse vous retient là, vous y ramène à chaque fois. La douce pente de faiblesse vous incline, corps et âme, vers cette seule chose comme vers un asile. C'est une énigme de rien. C'est un mystère d'enfance. C'est une coutume qui vous vient de l'enfance, une cérémonie partout respectée dans les chambres d'enfants : ce désordre. Cette moisson d'insignifiance dans les tiroirs. Ces bouts de chiffon, ces queues de comète et ces dentelles d'ange. Tous ces riens à quoi l'enfance donne de la valeur. Ce à quoi l'on donne de la valeur, vous en donne en retour. Ce n'est qu'à vous, donc c'est vous. Les parents ne connaissent rien aux chambres d'enfants. Ils croient qu'il faut de l'ordre. Ils crient de temps en temps. Il suffit de laisser crier, de laisser ordonner. C'est plus fort que tout : les choses élues reviennent très vite dans la chambre rangée. Les objets du sacre, les preuves en miettes de l'existence de Dieu. Ce fouillis des chambres d'enfants, vous le retrouvez dans la chambre d'écriture. Cette manie de garder près de soi une brindille, une pierre, un silence, vous la retrouvez dans l'histoire de Pascal, dans l'histoire dite du Mémorial : dans la nuit du lundi 23 novembre 1654, Pascal écrit quelques phrases qui n'iront dans aucun livre. Il note une chose qu'il a vue d'un regard pour toujours. Il retient une lumière dans cette nuit-là pour toute la nuit du monde. C'est une étoile au front de Dieu. C'est un soleil dans l'encre noire. Il écrit sur un papier qu'il coud ensuite dans la doublure de son pourpoint. Les déliés de l'encre sont désormais invisibles pour quiconque, et d'abord pour leur auteur. Du moins peut-il, par une légère pression de la main sur l'étoffe, entendre le froissé du parchemin. Huit années passent. Huit années glissent sur le grain du papier sans le corrompre. Le 19 août 1662, à une heure du matin, Pascal agonise. Il est comme un enfant, perdu dans une école glacée et vide. Il meurt et s'égare dans les milliers de jours où tout renaît, sans lui. L'effacement de cet homme sous un peu de terre, puis, plus profond encore, sous son propre nom, nous a rendu sa pensée familière. Nous avons rassemblé ses écrits dans le fond d'un livre. Nous avons appris à entendre ses paroles dures comme l'or. Mais la grâce nous fait défaut, qui nous permettrait de lire cette feuille de novembre 1654 — cette mince cloison de papier entre son cœur et le monde. Cette feuille de trois fois rien. Elle lui mangeait ses forces. Elle lui donnait comme un corps de lumière, brûlé jusqu'au sang. Elle faisait de son cœur une chambre d'enfant, d'un désordre incroyable.

LA PENSÉE ERRANTE

Vous êtes amoureux d'une jeune femme. Par amour vous ne connaissez qu'elle, de cette connaissance obscure qui vous révèle votre nom. Par amour vous la détachez du tout des vivants et des astres. Vous l'installez au centre du paysage, dans la prunelle de vos yeux. Vous disposez autour d'elle quelques objets familiers : une poignée de cerises, le froissé d'une jupe et le ciel d'une attente. Plus vous considérez les choses alentour et plus c'est elle qui apparaît. Ses lèvres, surtout. Ses lèvres rouges, d'un rouge si frais que vous y devinez la catastrophe avant même l'éclosion du bonheur, avant même la courte saison d'aimer. Mais vous êtes loin de tout cela. Vous êtes dans le milieu des eaux. Le cœur battant, les tempes glacées, vous êtes dans l'unique et le simple. Il n'y a qu'elle au monde. Il n'y a de monde que par elle. Elle est dans vos façons de dire et de taire. Elle est dans votre manière d'aller sans ennui dans l'ennui — et toute occupation qui vous éloigne d'elle est ennuyeuse, profondément. Elle a cette lumière que l'on accorde au Dieu, ou bien au jour qui passe. Toutes beautés procèdent d'elle. Toutes clartés émanent d'elle. Vous ne voyez que par elle. Voir, pour vous, c'est toujours faire l'offrande du regard à une seule. C'est aller loin dans le songe et lui ramener des fleurs de vos provinces lointaines. Il n'y a pas d'amour sans cette violence-là, qui dissout le monde et n'en retient qu'un seul corps caressé par tous les noms, dans toutes les langues. Il n'y a pas d'amour sans cette croyance folle, sans cette erreur vraie. Avec passion vous la regardez. Avec passion vous apprenez. On n'apprend que d'une femme. On n'apprend que de l'ignorance où elle nous met quant à nos jours, quant à nos nuits. Le temps passe. La durée amoureuse n'est pas une durée. Le temps passé dans l'amour n'est pas du temps, mais de la lumière, un roseau de lumière, un duvet de silence, une neige de chair douce. Un jour la jalousie vient. Le tableau de maître a changé. Les couleurs ont fraîchi. L'essentiel est passé au second plan, dans un coin d'ombre. On voit sans voir encore. Avec la jalousie revient le temps, l'éternité mauvaise. Vous ne choisissez pas la jalousie, pas plus que vous n'avez choisi l'amour. Vous entrez dans ces terres étrangères de vous-même, dans ces zones frontalières où plus rien n'est voulu, ni pensé. Vous êtes seul mais vous n'êtes pas seul dans votre solitude. Vous êtes en proie à la pensée errante. C'est une pensée qui ne sait pas ce qu'elle pense, qui ne désire surtout pas atteindre ce qu'elle pense, le porter au plein jour. On dirait une pensée qui fuit quelque chose et qui n'est occupée que de cela qu'elle fuit, qu'elle cherche. Qu'elle cherche en le fuyant. Par instants, le visage de l'amante apparaît tout au bout de vos songes, comme si cette masse de pensée venait s'éclairer en le touchant, en butant sur ce visage confus, surpris. Vous ne dites rien. Il n'y a rien à dire. Vous regardez ce visage. Vous regardez la confusion. Le mensonge sincère. De préférence elle parle à quelqu'un d'autre, même quand c'est à vous qu'elle parle. De préférence elle regarde quelqu'un d'autre, même quand c'est vous qu'elle regarde. De préférence. La jalousie est un sentiment d'enfance. C'est une violence simple comme enlever quelques herbes d'un seul geste, et ce sont les racines qui viennent avec, et toute la part de terre, et un grand bloc de ciel. La jalousie est une connaissance enfantine de la mort. C'est la petite enfance de la mort en vous, dans la terre noire du corps. Comment. Comment ne pas maudire l'amour tel qu'il est dans votre cœur, tel qu'il vous vient de l'enfance, des grands rêves orageux de l'enfance. L'amour est une épreuve. Cette épreuve est d'ordre spirituel. Ce qui est d'ordre spirituel est cause du plus grand désordre sur terre et ce désordre est bienheureux, bien plus heureux somme toute que du bonheur. Là où tout vous porte à fuir, vous demeurez. Là où tout vous porte à maudire, vous réfléchissez, la tête vidée de sang. La jalousie a affaire avec la sexualité mais on ignore ce que c'est, la sexualité. Ce n'est pas à un corps que l'on fait l'amour. C'est à un visage. Ce n'est pas à un visage que l'on fait l'amour. C'est à la lumière sur ce visage, à la faible lumière d'un amour sans visage et sans corps. Et voilà que ce visage se détourne de vous et que toute clarté se dérobe comme avant de naître, comme avant qu'il y ait eu un jour, et une nuit. La jalousie atteint le désir en son comble. La jalousie touche à Dieu par la chair. Vous regardez la bien-aimée des anges. Elle est comme ça. Elle va où bon lui semble. Elle vit ce qu'il lui plaît de vivre, c'est là sa noblesse. Elle va dans sa vie sans pouvoir en rendre compte, sans même imaginer qu'elle devrait en rendre compte. À qui, d'ailleurs. Elle va dans l'énigme d'une vie sans motif, sans espérance claire. C'est pour connaître que vous alliez vers elle. C'est pour saisir l'insaisissable.

Rien n'est plus proche de Dieu qu'une femme. Rien n'est plus proche de Dieu absent que cette seule femme, élue par vous entre toutes les autres. On ne sait rien dire de Dieu. On ne sait rien dire des femmes. On ne peut dire que d'une seule, dans l'instant où elle vous quitte, dans cette fin indéfinie de l'amour qu'est la jalousie. Il n'y a de connaissance que de ce qui meurt. Il n'y a de lumière que dans le noir. Dans la jalousie vous accédez à la plus grande connaissance de vous-même, à la connaissance déchirée de la déchirure, au savoir de l'amour comme illusion merveilleuse, comme échec nécessaire. Dans la jalousie vous comprenez enfin qu'il n'y a rien à attendre d'une femme sinon tout, sinon cette totalité en ruine, cette incapacité de la lumière à vous atteindre un jour pour toujours, cette impossibilité d'un jour définitif, d'un amour comme une seule fois. Vous mettez longtemps pour tuer cette jeune femme. Vous mettez des années pour l'effacer dans un nouveau visage. Vous savez qu'il n'y a pas d'autre fin. Vous pensez que cette fin jamais n'arrivera. Jusqu'au dernier jour vous le pensez. Jusqu'à la fin du monde, jusqu'au prochain amour. Dans cette attente vous écrivez. Vous écrivez l'histoire de l'amour pur, l'histoire du deuil de l'amour pur. Il n'y a rien d'autre à écrire, n'est-ce pas. Il n'y a rien d'autre à chanter dans la vie que l'amour enfui dans la vie. Vous n'écrivez pas pour retenir. Vous écrivez comme on recueille le parfum d'une fleur vers sa mort, sans pouvoir la guérir, sans savoir enlever cette tache brune sur un pétale, comme une trace de morsure minuscule — des dents de lait, mortelles. Rien d'autre n'est exigé de vous : attendre. Attendre que s'écrive sous vos yeux la première phrase, celle qui fera tout revenir en changeant tout — les lieux, les temps et les visages. Attendre le retour des hirondelles au nid de l'encre, dans les branches d'un titre :

FEMME AVEC DÉSERT

Dans le parc du musée Rodin, il y a un couple assis sur un banc, au bord d'une pièce d'eau. Lumière éternelle du petit matin. Fraîcheur de l'entretien sans phrase, ininterrompu depuis — déjà — trois ans. Elle porte une robe plissée avec, sur ses genoux, un sac de grand magasin. Il porte, depuis le début du jour, une nouvelle trop grande pour lui, dont il ne sait comment se délivrer. Cette nouvelle se confond avec sa solitude. Cette solitude rajeunie, puissante, se confond avec un nouvel amour qui l'a soumis — par le regard, puis par la pensée — à l'attraction d'une autre présence : blonde quand sa voisine est brune, vive comme cerisier au printemps, quand sa voisine a les nuances d'un été finissant. Comment lui dire qu'un astre est apparu, dont le nom, peu usé encore par les lèvres, sonne plus fort et plus prometteur que le sien ? Il se penche sur le gravier, ramasse des cailloux, les jette dans le bassin. Il se penche en lui, une poignée de mots, jetés dans l'eau sereine des yeux de sa voisine. Elle considère avec attention un point désert du parc, au-delà du bassin. Immobile, elle demande deux, trois choses : plus jamais ? Plus jamais. Dès demain ? Dès demain. Silence. Silence avec chute de lumière. Nous existons si peu, c'est miracle que cette larme dans les yeux, ce nom qu'elle écrit sur la joue, ce nom qu'elle efface. Le chemin salé d'une larme sur la joue, dans le temps. Nous existons si peu. Lorsque nous disons « moi », nous ne disons rien encore, un simple bruit, l'espérance d'une chose à venir. Nous n'existons qu'en dehors de nous, dans l'écho de si loin venu, et voici que l'écho se perd et qu'il ne revient plus. L'homme se lève, sur une autre route, déjà. Elle ne bouge pas. Le soir vient par habitude. La nuit se perd dans toutes les nuits du monde. Un nouveau jour arrive, qu'il faut longtemps envisager, au réveil, pour voir ce qu'il a de nouveau. Il y a une nouvelle statue de Rodin, dans le parc. C'est une femme, avec une robe plissée, elle est assise sur un banc.

LA VOIX, LA NEIGE

Vous faites une promenade dans la neige. C'est la première neige de l'année. C'est comme chaque fois la première neige de votre vie. Elle est légère comme l'esprit. Elle est claire comme l'enfance. Elle est blanche, toute blanche comme l'esprit d'enfance. Elle recouvre la pensée. Elle éclaire le cœur. Elle est votre vie blanche. Elle est votre seule vie, que vous ne vivez pas. Après la promenade vous allez dans une maison de bois sur les hauteurs, où sont réunis des gens qui chantent. Et vous découvrez déjà la première vertu du chant, qui est de rendre la voix à son destin de lumière et de neige. Vous écoutez une jeune femme chanter quelque chose de Schubert. Une merveille, comme toujours. Le texte est en allemand. Vous demandez ce que disent les mots sous la voix. Il est question d'un amour délaissé, d'une amoureuse oubliée dans son tourment, à peine saluée du bout des lèvres, oubliée déjà dans le temps de la saluer. La voix qui chante appelle encore, mais se comble d'elle-même dans son appel. Ou plutôt elle n'appelle plus : elle se donne à elle-même ses vacances. Elle acquiesce à la fin de l'amour comme à sa propre fin, dans le souffle expirant. Elle remet toutes choses — toutes peines, toutes nuits et toutes morts — entre les mains abondantes de l'espace et du large. Vous écoutez le chant dans la pièce aux murs de bois. Vous écoutez la voix dans l'univers aux murs d'étoiles. Aimer c'est aimer ce qui est simple, et donc mystérieux. Ce qui est compliqué n'est jamais mystérieux. Ce qui est compliqué est sans importance. Rien n'est plus simple que la voix. Rien n'est plus obscur que la voix. Vous écoutez la parole qui guérit. Elle guérit les âmes captives, les sources noires. Elle change la douleur en lumière. C'est la parole d'enfance, c'est le chant simple. Vous n'y connaissez rien en musique. Vous êtes analphabète en musique et vous vous y entendez très bien. Vous avez toujours eu besoin de l'étoile d'une voix dans la chambre de vivre. Chanter c'est confier sa voix à la vérité d'un silence, à la justesse d'un souffle, tremblant dans son envol, lumineux dans son déclin. Dans le chant, la voix passe de l'ombre à la lumière, de la chair à l'esprit. L'esprit est une partie du corps, un fragment plus subtil de la chair — comme on dit d'un vin qu'il est subtil, d'une absence qu'elle est longue. L'âme est une fleur creuse de sang rouge. Elle frémit sous les ondées du chant. Elle s'ouvre dans l'éclaircie d'une voix. L'esprit s'éveille au creux du corps, au tronc du souffle, aux racines de la chair. Puis il s'élève dans la gorge et s'enflamme dans l'air pur. Dans le chant, la voix se quitte : c'est toujours une absence que l'on chante. Le temps de chanter est la claire confusion de ces deux saisons dans la vie : l'excès et le défaut. Le comble et la perte. Vous écoutez cette jeune femme chanter l'amour désert. Mon amour. Mon prince des neiges bleues, mon roi au ciel si pâle, aux bras si tendres. La guerre t'appelle au loin. La guerre ou le monde ou bien un autre amour. L'amour est impossible mon amour, et il me donne une blessure où il se donne tout entier : de quoi chanter tout au clair de la vie. Vous regardez celle qui chante. Vous regardez la lumière blanche par la fenêtre. Vous contemplez le cristal de la neige sur la terre, le flocon de la voix sur la chair. Vous mélangez tout. C'est votre façon à vous d'y voir clair : mélanger toutes sortes de lumières. Il y a la neige, il y a la voix. La neige descend du grand ciel lumineux de l'enfance. La voix fleurit sur les arbres du souffle. Dans le chant elle s'envole. Elle va dormir un temps auprès de Dieu. Elle redescend l'instant d'après, toute blanche et douce. Flux de la neige sous les ondes de la voix. Vagues de la voix sur les neiges du souffle. Nos attitudes devant la vie sont apprises durant l'enfance, et nous écoutons le chant des lumières comme un nouveau-né entend un bruit de source dans son cœur. Nos attitudes devant l'amour sont enracinées dans l'enfance indéracinable, et nous attendons un amour éternel comme un enfant espère la neige qui ne vient pas, qui peut venir.

LA PAROLE SALE

Le paysage est là, même si on ne le regarde pas. Il est de l'autre côté de la vitre. On est devant la vitre, mais de profil, ce qui fait qu'on ne voit pas le paysage directement, mais qu'on en prend connaissance sur le visage de celle qui parle. Le ciel impassible, le mouvement des herbes et le déplacement des lumières, on voit tout cela dans ses yeux. Le visage de cette femme est comme tous les visages, un morceau de la chair de Dieu, un large pan de terre douce. Elle parle de sa vie. On l'écouterait pendant des heures. On n'écouterait que ça, la parole sacrée, la parole arrachée à l'épaisseur des jours. On ne peut écouter que cette parole-là, solitaire, sans appui. L'autre parole est inaudible, celle qui sert pour le monde. L'autre parole c'est la parole impersonnelle, malade. Elle est malade de sa trop bonne santé, de son aptitude à ne jamais manquer, à faire en sorte que tout se passe bien, que rien ne se passe. L'autre parole c'est la parole sale. Elle est sale d'avoir essuyé trop de mensonges et d'ennui. Elle est sale à force de servir pour la famille et l'étranger, pour la semaine et les dimanches, partout, tout le temps. Elle est sale à force d'être traînée avec soi, partout dans le monde. Peut-être n'écrit-on que pour laver cette parole. Oui, il est possible que l'on écrive uniquement pour nettoyer la parole sale, pour la rincer d'encre et de silence. On écoute cette jeune femme. On l'écoute vraiment. On sait qu'entre elle et vous il n'y aura jamais rien. On le sait sans savoir. En un sens, c'est reposant. Il y a des moments comme ça, on voit ce que c'est, le désir : la volonté exténuante de prendre, de jouir, de vaincre. Il y a des moments comme ça où on ne désire plus rien. On se contente de la douceur du jour, de la finesse des lumières et d'être assis là, dans cette cuisine, devant les grandes étendues terrestres d'un visage, devant la terre profonde d'un clair visage. Elle parle d'une chose inoubliable. Elle parle d'un travail ancien dans le bagne d'une usine. Elle est mise au travail à seize ans, par le père, du jour au lendemain. La veille, elle ferme les livres d'école. Elle ferme tous les livres d'un bruit sec, elle laisse son âme entre deux pages, une fleur toute verte encore, tant pis, elle séchera là d'un seul coup, en une seule nuit. Au matin elle entre dans l'usine. Il y a une haine lumineuse, il y a une haine nécessaire du travail. Elle connaît cette haine dans les premiers jours. Elle la connaît sans la connaître. Elle pleure devant la machine à couper les tissus. Elle pleure à la maison. Elle pleure dans ses rêves. Partout elle croit qu'elle pleure mais elle ne voit pas le vrai nom des larmes : la colère. Le goût profond et légitime du meurtre. Il n'y a rien à dire du père. Elle n'a rien à en dire. Contrarié dans son ambition, il n'a eu de cesse d'accabler les enfants du poids de son échec. C'est la seule manière qu'il a trouvée pour goûter au triomphe : étendre autour de lui l'amertume de ses jours. Faire porter aux siens le cadavre de sa vie. Il y a des parents comme ça. On n'est pas obligé de les aimer. On n'est pas obligé d'en dire quoi que ce soit. La peine d'usine est levée au bout de deux ans : le bonheur d'une rencontre, un mariage. Le bonheur d'une compagnie essentielle dans la suite désormais guérie des jours. Plus besoin de travailler, le rêve. Elle parle encore, d'autre chose. Il y a tellement à dire de tout. Le paysage bouge doucement sur son visage. L'ombre grandit dans la pièce. On n'éclaire pas, il y a assez de mots pour se voir. Les enfants vont et viennent. Ils entrent pour une seconde, arrachent un morceau de pain, fouillent dans le frigo, retournent en courant vers le sérieux d'un jeu, dans la rue. Ils oublient de fermer les portes ou bien ils les claquent trop fort. La jeune femme parle d'eux, à présent. On peut très bien — à la lenteur prononcée de sa voix — reconnaître l'enfant secrètement préféré. Il y en a toujours un. Quoi que disent les mères, quoi qu'elles pensent d'elles-mêmes dans leur obligation à nourrir l'espérance, à donner la becquée aux moineaux et aux anges — à chacun de façon égale —, oui, quoi qu'elles disent et quoi qu'elles pensent d'elles-mêmes dans leur devoir de mère, il y a toujours un enfant préféré. Son nom fait fleurir les lèvres à simplement le prononcer. C'est parfois le dernier venu, celui qu'on a trouvé dans la clairière d'un beau jour, au beau milieu de l'âge et des fatigues. Ce peut être encore le tout premier, l'enfant inoubliable des fleurs de cerisier, le premier printemps d'enfance. Ce peut être le plus ingrat comme le plus tendre. Ce peut être n'importe lequel : l'amour maternel est semblable à tout amour, injuste et secret. Du temps passe. Il n'y a que deux paroles intarissables. Il n'y a que deux paroles bien plus longues que le jour, bien plus longues que la vie, que le temps mesuré de vivre : la parole sur l'enfant et celle sur Dieu qui manque. La parole sur l'amour est également inépuisable, mais elle est déjà contenue dans les deux autres, dans la mélancolie de Dieu et le rire de l'enfant. La jeune femme parle lentement. Parfois elle se tait. Elle laisse ses mots la chercher. Il n'y aura jamais rien entre cette femme et vous, que cette parole calme dans le jour qui s'en va. Il n'y aura entre elle et vous que ce qu'il y a entre les gens, parfois, qui existe sans jamais atteindre les consciences, sans jamais arriver nulle part dans le monde : un amour de nulle part. Un amour de nul amour. On ne sait pas comment le nommer. On peut dire l'amitié, si on veut. C'est un des mots les plus proches. On peut dire aussi bien le début de l'automne, la faiblesse des lumières dans le ciel, l'invisible paysage. Maintenant on est dans la nuit. On le sait parce qu'un enfant le dit et s'en étonne. Vous êtes fous de rester comme ça, pourquoi vous n'allumez pas. La conversation prend doucement fin. Le paysage est défait. Quand on regarde la vitre, on ne voit plus rien. On ne voit plus la terre, ni le ciel — qui est fait de terre aussi, mais d'une terre plus claire que l'autre, moins soucieuse d'elle-même. On allume une cigarette. On boit un verre pour le plaisir de s'attarder. On pense une chose qu'on ne dit pas. On pense qu'on a très peu de temps dans la vie, qu'un an dure comme un sourire, que dix ans passent comme une ombre et que, dans si peu de temps, il ne reste qu'une seule chance, qu'une seule grâce : devancer notre mort dans la légèreté d'un sourire, dans l'errance d'une parole. Parler avec cette voix blanche de l'après-midi, avec cette voix blanchie par l'émotion, exsangue. Parler avec cette voix nue, exposée à l'acide d'un silence. Avec cette voix légère, longtemps brûlante sous le soir qui l'étouffe. On se lève enfin. On se quitte puisqu'il faut se quitter. Dehors c'est la nuit. On fait quelques pas dans le noir. Il y a, dans l'air chaud, comme un orage qui s'annonce, comme un amour qui s'avance.

LE BILLET D'EXCUSE

De l'enfance vous ne gardez aucun souvenir. De l'enfance vous ne retenez qu'une maladie. C'est une maladie sans nom. Elle vous vient du ciel tournant d'automne. Elle vous vient de nulle part comme tout ce qui vous est proche. Avec elle revient le ciel plombé d'enfance : le manque de sens, l'absence de tout. L'histoire est toujours la même, mais il ne sert à rien de le savoir. Une lumière se détache du ciel vif. Elle descend sur le cœur qu'elle recouvre tout entier. Elle vous apprend votre disgrâce. Elle vous enseigne votre néant. Tout est là. Vous avez du silence, de l'espace et du temps. Vous avez tout ce qui fait l'agrément de la vie quand la vie manque. Tout est là, sauf vous. Vous appelez cela : la perte du goût. C'est un nom comme un autre. C'est un nom par défaut. C'est un nom équivalent à tous ceux que vous pourriez trouver, qui n'en diraient pas plus. Le temps passe désormais sans vous, c'est-à-dire qu'il ne passe plus. Il s'entasse. Un temps comme un ciel bas. Une neige de temps gris. La petite aiguille du sang, celle des minutes, et la grande aiguille de la conscience, celle des heures, se superposent. Il est minuit, vous êtes dans la fin du conte, dans la dernière gravure, vous êtes en retard, le carrosse et le beau costume vont disparaître, le charme va se dissoudre, rien n'est arrivé. Vous êtes en retard sur vous-même, vous n'êtes pas encore né, vous n'êtes personne. Vous ne faites rien. Vous ne pouvez rien faire, n'étant plus rien. Vous lisez des journaux, des romans, n'importe quoi. Il y a un usage carcéral de la lecture. Il y a un bas usage de toutes choses comme de tous sentiments. Il y a cet usage qui transforme tout en sang épais, en sommeil noir : de quoi, peut-être, aller d'une heure à l'heure suivante. Vous prenez soin de n'appeler personne. Puisque personne ne pourrait rien. Puisque rien ne vous arrive. Il y a des saisons plus favorables que d'autres à cette fin des temps. Disons l'été, quand le ciel pèse de toute sa lumière sur votre pensée. Disons aussi l'automne. Disons toutes les saisons, puisque chacune peut vous mener ainsi dans son enfer. Depuis l'enfance vous avez beaucoup appris sur ce dommage éternel de chaque jour. Vous y avez trouvé votre formule du bonheur informulable. Elle tient en un mot, et ce mot se tient sur un souffle, au bord des lèvres : rien. Un rien vous enchante. Si un rien vous enchante, c'est aussi parce qu'un rien peut vous anéantir. La même lumière peut, selon les heures et la direction du songe, vous exalter ou vous ruiner. Sans nuances dans un cas comme dans l'autre. Il y a un creux sous votre nom. Il y a un trou dans le ciel. On a inventé le travail pour n'y plus songer. On a inventé le travail et le manège des chevaux de bois pour s'éloigner en vain de la place vide, au centre du centre, au cœur du cœur. Dans le monde c'est comme dans le jeu, et dans le jeu c'est comme dans le journal d'il y a quelques années, cette histoire merveilleuse, un fait divers de quatre lignes en dernière page : un arbitre de football siffle la fin du jeu alors que celui-ci commençait à peine, qu'aucune faute n'était arrivée et que tout s'acheminait vers sa fin normale, vers sa fin habituelle. Il renvoyait les joueurs au vestiaire au bout de quelques minutes. Avant de disparaître, il signait un papier — une note pour ses employeurs, un billet d'excuse comme à l'école —, une phrase plus obscure encore que l'absence de toute phrase : crise soudaine d'ennui. Vous connaissez cette tentation. Souvent vous connaissez cette envie de sortir du jeu, pour aller voir la lumière blanche dans le ciel large. Ce désir d'aller contre vos intérêts immédiats de travail ou d'amour, au nom d'un intérêt plus grand peut-être, ou bien au nom de rien. Allez savoir. Vous vous faites confiance à ce sujet. Vous avez appris avec le temps à vous donner du temps. Vous avez appris à rompre pour continuer, pour continuer à votre façon, à votre manière inventée et personnelle. Avec le temps vous n'aurez appris que cela : ne pas lutter contre la maladie du goût. La laisser revenir, et l'enfance avec elle — l'avalanche du temps gris, l'éternité infranchissable. Ne pas céder à l'imaginaire du plein, à la panique de remplir ses journées par un emploi, des paroles ou du bruit, par n'importe quoi. La maladie sans nom atteint le cœur du temps. Vous avez inventé cette façon d'en guérir en n'y résistant pas, ce remède paradoxal : l'amour du temps perdu. Le temps perdu est comme le pain oublié sur la table, le pain sec. On peut le donner aux moineaux. On peut aussi le jeter. On peut encore le manger, comme dans l'enfance le pain perdu : trempé dans du lait pour l'adoucir, recouvert de jaune d'œuf et de sucre, et cuit dans une poêle. Il n'est pas perdu, le pain perdu, puisqu'on le mange. Il n'est pas perdu, le temps perdu, puisqu'on y touche à la fin des temps et qu'on y mange sa mort, à chaque seconde, à chaque bouchée. Le temps perdu est le temps abondant, nourricier. On peut l'apprendre de toutes les façons, cela. Il suffit que l'on vous laisse en paix, ou bien que l'on vous prenne toutes vos forces, et c'est pareil : il y a l'immobilité qui naît du repos, et puis il y a l'immobilité qui naît de la fatigue et qui est un repos, aussi bien. Le temps s'abîme dans un travail, dans des vacances, dans une histoire. Le temps s'abîme dans tous les emplois qu'on en peut faire. Peut-être écrire, c'est différent. C'est très près de perdre du temps, écrire, et ça prend tout le temps. C'est le temps qui reste, le temps rassis, celui qu'on accommode et chaque seconde est un délice, chaque phrase un soir de fête. Dans l'écriture l'âme est éparpillée sur les routes. Elle s'égare, elle échappe. Un seul mot la rassemble, un seul souffle, un mot millionnaire, une lettre d'amour : un plat de roi, la fleur du goût. Comment ça vient, les lettres d'amour, vous l'ignorez. D'une déchirure dans le ciel, d'un accroc des lumières ou d'une fantaisie des anges. Dans la vie ordinaire, on peut toujours parler car on peut toujours mentir. Dans la vie éternelle — qui ne se distingue de la vie ordinaire que par l'éclat d'un regard — on ne peut pas aller contre son cœur, mentir. Alors on se tait. On écrit une lettre d'amour pur. C'est comme un feu follet sur les domaines du songe. C'est comme une chute de neige dans les yeux noirs d'enfance. De temps en temps on s'arrête. On relève la tête, on regarde le ciel vide. Sa lumière est si douce qu'elle nous oriente et nous gagne, de très loin.

L'ÉCRIVAIN

Il arrive par le train. Il emmène avec lui quelques textes, dans un cartable d'écolier. La lecture est prévue dans un petit théâtre. Il ne
monte pas sur la scène. Il se tient debout, dans
la première rangée de chaises. Vous êtes assis
près de lui. Vous regardez le corps nonchalant,
le visage rugueux, tempéré par les mots. À cer-
tains moments de la lecture vous ne le voyez
plus. Vous ne voyez plus qu'une parole lumineuse. D'autres fois c'est l'inverse. La présence
silencieuse recouvre tous les mots. La présence
immédiate de chair, de souffle et de fatigue. Le
poids de l'ombre. Il a des vêtements simples
comme quand on reste chez soi, comme quand
plus personne n'est là pour dire à l'enfant de
soigner son image, de faire briller son nom.
Mais enfin tu ne vas pas sortir comme ça. Il est
donc venu comme ça de son enfance, jusqu'à ce
soir. Négligé dans sa tenue, précis dans son

regard. Les choses qu'il écrit sont fragiles. Il les porte doucement dans le clair de sa voix. De temps en temps il s'interrompt. Il regarde autour de lui. Il y a là moins de vingt personnes. Il est là très près du dérisoire, de la pensée d'une fatigue, d'une pensée fatiguée. Il est là très près de l'essentiel, de cette chose évidente jamais dite pour elle-même : la solitude de toute parole, l'éphémère de toute beauté. Parfois la beauté illumine une voix. La simple beauté de chaque jour dans la vie. Elle éclaire le sang. Elle fait des mots une seule flambée puis s'effondre aussitôt dans le monde — comme un météore sur des terres froides, inhabitées. Et tout est à reprendre. Et tout est à refaire. Il parle doucement. Il a cette courtoisie des contemplatifs, cette douceur farouche de ceux qui n'en ont jamais fait qu'à leur guise, que suivant une pensée d'eux-mêmes dans leurs jours, une pensée non apprise, solitaire. Sa violence est endormie dans sa voix. Elle remue légèrement sous les mots. Sa violence est à ses côtés, comme un enfant que l'on fait patienter près de soi. Il a cinquante ans. C'est l'âge où un homme entreprend l'inventaire de ses biens. C'est quoi, réussir sa vie. Ce qu'on gagne dans le monde, on le perd dans sa vie. Lui, il n'a rien. Il joue depuis l'enfance, sans gains ni pertes. Il élève des cubes de silence sur la page. Il bâtit des châteaux de lumière, il contemple des lézards d'encre bleue. C'est quoi, réussir sa vie, sinon cela, cet entêtement d'une enfance, cette fidélité simple : ne jamais aller plus loin que ce qui vous enchante à ce jour, à cette heure. Emprunter ce chemin qu'on ne suit qu'à s'y perdre. Il n'y a pas d'apprentissage de la vie. Il n'y a pas plus d'apprentissage de la vie que d'expérience de la mort. La rupture avec soi est le plus court chemin pour aller à soi. La rupture avec le tout du monde et de l'âge. À l'école on apprend à s'asseoir sur un banc. Celui-ci ou celui-là. On apprend à obéir pour la suite de sa vie au rang gagné, à la place attribuée dans l'enfance. L'écrivain, c'est celui qui ne gagne aucune place — pas même la dernière. Celui qui se tient comme ça, debout, dans un rang de chaises vides. À nommer le feu d'une voix glacée. Quand c'est fini, quand une fois il a lu au désert, souri dans le vide, vous le quittez sans une parole. Vous emmenez avec vous quelques mots à lui dire, que vous ne trouvez pas. Ce qui vous a touché ce soir-là demeure longtemps hors d'atteinte. En le cherchant vous rendez impossible de le trouver. Vous avez besoin d'un oubli pour l'atteindre. Vous avez besoin de la nuit pour y voir. Ce n'est qu'au terme de plusieurs mois que vous découvrez la vérité de ce soir-là. La vérité de dire, comme celle de taire.

La vérité est devant vous, dans le sous-sol d'une maison de retraite. En haut se trouvent les cuisines. Des tuyaux percent le plafond. Un jour gris entre par une petite fenêtre. La vérité est sur des tréteaux dans un cercueil encore ouvert. La vérité a le visage d'un mort. C'est un visage retourné comme un gant. Un visage sans dedans ni dehors. Un mort c'est comme personne. Un mort c'est comme tout le monde. Tout va vers ce visage, comme vers sa perfection. La peur, l'attente, la colère, l'espérance de l'amour et les soucis d'argent, tout va vers ce visage comme vers un dernier mot. Le mort se tait pour dire en une seule fois. Le mort dit vrai en ne disant plus et si, sur lui, l'on jette tant de silence, c'est pour ne rien entendre. Vous regardez. Vous pensez à cette phrase lue l'autre soir par l'écrivain : à mon âge, je paye pour chaque mot. Il y a très peu de différence entre mourir et écrire. Il y a si peu de différence que, pendant un instant, vous n'en découvrez plus aucune. L'écrivain c'est l'état indifférencié de la personne, la nudité indifférente de l'âme. De l'âme comme regard. De l'âme comme absence. Celui qui écrit s'en va plus loin que soi. Il avance à pas de neige. Il parle à mots de loup. Il va vers la parole faible. Il va vers la parole nue, retournée comme un gant. Il éclaire en parlant sa propre absence. Derrière nous se tient un ange. Il est né avec notre naissance. Il grandit et s'épuise avec nous. Au début c'est un jeune homme, presque un enfant. Bientôt c'est un adulte, quelqu'un qui cherche à économiser son souffle. Il tient une hache dans ses mains. Il attend. Jour et nuit, sans murmurer le moindre reproche, sans formuler aucun souhait, il attend. Il ne nous oublie jamais. Le sommeil ni l'amour ne le distraient. Une telle présence, sans défaut. Une telle fidélité, sans amour. Écrire c'est faire retentir sur la neige chaque pas de l'ange. Écrire c'est par instants se retourner, et voir l'éclair de la hache haut levée, d'un seul coup la fin de l'énigme.

DU MÊME AUTEUR

Aux Éditions Gallimard

LA PART MANQUANTE (« Folio », n° 2554)

LA FEMME À VENIR (« Folio », n° 3254)

UNE PETITE ROBE DE FÊTE (« Folio », n° 2466)

LE TRÈS-BAS (« Folio », n° 2681)

L'INESPÉRÉE (« Folio », n° 2819)

LA FOLLE ALLURE (« Folio », n° 2959)

DONNE-MOI QUELQUE CHOSE QUI NE MEURE PAS. En collaboration avec Édouard Boubat

LA PLUS QUE VIVE (« Folio », n° 3108)

AUTOPORTRAIT AU RADIATEUR (« Folio », n° 3308)

GEAI (« Folio », n° 3436)

RESSUSCITER (« Folio », n° 3809)

L'ENCHANTEMENT SIMPLE et autres textes. Préface de Lydie Dattas. (« Poésie/Gallimard », n° 360)

LA LUMIÈRE DU MONDE. Paroles réveillées et recueillies par Lydie Dattas. (« Folio », n° 3810)

LOUISE AMOUR (« Folio », n° 4244)

Aux Éditions Fata Morgana

SOUVERAINETÉ DU VIDE (repris avec LETTRES D'OR en « Folio », n° 2681)

L'HOMME DU DÉSASTRE

LETTRES D'OR

ÉLOGE DU RIEN

LE COLPORTEUR

LA VIE PASSANTE

UN LIVRE INUTILE

UNE CONFÉRENCE D'HÉLÈNE CASSICADOU
GAËL PREMIER ROI D'ABÎMMMMMMME ET DE MOR-
NELONGE
LE JOUR OÙ FRANKLIN MANGEA LE SOLEIL

Aux Éditions Théodore Balmoral

CŒUR DE NEIGE

COLLECTION FOLIO

Dernières parutions

Impression Novoprint
à Barcelone, le 5 septembre 2007
Dépôt légal: septembre 2007
Premier dépôt légal dans la collection: janvier 1994

ISBN 978-2-07-038842-4./Imprimé en Espagne.